神이 우리를 질투한다 할지라도

神이 우리를 질투한다 할지라도

초판 1쇄 인쇄	2015년 1월 23일		
초판 1쇄 발행	2015년 1월 28일		

지은이	남 광 우		
펴낸이	손 형 국		
펴낸곳	(주)북랩		
편집인	선일영	편집	이소현, 김진주, 이탄석, 김아름
디자인	이현수, 김루리, 윤미리내	제작	박기성, 황동현, 구성우
마케팅	김회란, 이희정		
출판등록	2004. 12. 1(제2012-000051호)		
주소	서울시 금천구 가산디지털 1로 168, 우림라이온스밸리 B동 B113, 114호		
홈페이지	www.book.co.kr		
전화번호	(02)2026-5777	팩스	(02)2026-5747

ISBN   979-11-5585-478-5 03810(종이책)   979-11-5585-479-2 05810(전자책)

이 도서의 국립중앙도서관 출판예정도서목록(CIP)은 서지정보유통지원시스템 홈페이지(http://seoji.nl.go.kr)와
국가자료공동목록시스템(http://www.nl.go.kr/kolisnet)에서 이용하실 수 있습니다.
(CIP제어번호 : CIP2015002031)

神이 우리를 질투한다 할지라도

남광우 시집

북랩 book Lab

책머리에

스스로를 내가 표현한다면 나는 아주 부족함이 많은 사람이다. 아는 것도 별로 없고 어리석기 짝이 없는 산골 깡무지렁이라고 소개하기도 한다.

나는 나일뿐 겉으로 내세울 수 있는 것은 실제 아무것도 없으니 말이다.

하지만 종합적인 사고를 하면서 사물을 보고 세상을 읽으며 바로 서 있으려 하는 노력은 게을리 하지 않았다.

1987년 1월 1일 새벽. KBS 라디오 방송에서 '어머니의 봄'이라는 나의 시가 채택되어 낭송되었다.

1991년 《가평문화예술신문》 창간호에 실린 그 시를 보고, 가평군에서 시를 쓰며 목회활동을 하시는 곽병열 목사님께서 우리 집을 방문하셨다.

함께 대화를 나누면서 나는 목사님이 시학을 공부하면서

치열하게 자신의 시를 완성해 가려고 하시는 분이라는 느낌을 강하게 받았고, 목사님께서는 '남 선생님은 한국에서 몇 안가는 평론가의 눈을 가지고 있는 것 같다'며 '평론도 공부하면 좋을 듯하다'고 말씀하셨다.

평론이라니? 그때까지만 해도 나에게는 가당치도 않은 말씀이라고 생각했다.

시를 읽고, 작가의 의도를 파악하며, 우리들의 삶과 연계하여 시를 해석하는 능력이 조금은 있었는지는 모르겠지만, 공부가 부족하고 기초가 부실했던 나는 시를 어떻게 써야 하는 것인지조차 제대로 감을 잡지 못하고 있었기 때문이다.

그리고 지금도 마찬가지지만 무엇보다 내 시를 써야 한다는 생각이 앞서있었다.

한국화 화가인 소란 강명신(본명 강신온) 선생님은 서울 토박이이자 이화여대 독문과 1회 졸업생이면서도 화가의 길을 선택하고 광주 무등산으로 내려가 의제 허백련 선생님 문하에서 피나는 그림 공부의 수련을 마쳤다. 200호 대작 그림을 서울 극동방송국과 소망교회에 상설전시하고 있는 분이기도 하다.

1995년, 나는 그분의 소개로 서울 사당동에 계시던 미당 서정주 선생님을 찾아뵙게 되었다.

그때 나는 선생님께 "시는 어떻게 써야 합니까?"라고 여쭤보았다.

선생님의 답은 아주 간단명료했다.

"시란 무식한 사람이 봐도 알 수 있게 쓰는 것이다."

그리고 나의 시를 정독하였다고 하시며 "남 군, 공부 열심

히 하게." 하고 말씀하셨다.

프랑스의 말라르메, 발레리, 한국의 김소월 등 여러 시인들의 시를 읽어보며, 영어와 한문 공부도 하라는 가르침을 주셨고, "내가 죽지 않고 기다린다."며 공부를 게을리하지 말라고 당부하셨다.

(선생님 감사합니다. 그리고 죄송합니다.)

20년이 지난 지금에서야 몇 편의 시들을 모아 첫 시집을 출판하려고 한다.

작고하셨지만 내 마음속에서 항상 높다란 시인으로 자리하고 계시는 서정주 선생님과 항상 많은 격려와 관심으로 나를 지켜주시는 강명신 선생님에게 이 시집을 바친다.

차 례

닭을 키우며

처음부터 강하게
처음부터 반복된 훈련으로
생각을 갖기 전, 이미 습관을 길들이며
땅에 있는 모든 것!
먹이로 합당할지니 한계가 있을 수 없고
소화를 잘 해내면 건강하듯이
건강하면 병이 없을진저
병은 치료하는 것이 아니라 걸리지 않게 하는 것!

일회공복 일회만복一回空腹一回滿腹이
욕구가 끊어지지 않는 생명으로
마치 임무를 수행하듯 천수를 누리고
껍질 속 우리 절대 믿음

알卵만 한 사회에는 건강한 병아리가 또 한 번 깨어나나

어쩌랴! 너희는 너희들의 가장 강한 욕구로

일생의 두꺼운 껍질을 뚫었으니

처음부터 강하게

처음부터 반복된 훈련으로

생각을 갖기 전, 이미 습관을 길들여야 하는 것이다

건강한 닭이

건강한 알을 낳기 위해

어머니의 봄

세파에 흙빛 낀 누런 종鍾으로도
파란 소리 수태하시고
그네의 높은 뜻만을 우러르다
그만 삭풍에 온몸 얼리셨네
잉태한 인고의 고통에도
그네의 하얀 사랑만을
벌거벗어 받아들이시며
세상 더러움 모두 감추셨네

그네의 입김 당신의 머리칼 쓸어내리고
고마운 당신 희생 눈시울 적시이다
그만 펑펑 우시고야 말았네
"고뇌 찬 순간에도 행복은 있음이네라
그날과 같은 기쁨이 오늘과 같음이라"하신

그네의 말씀 따라

누런 종 힘차게 기쁨을 타종하고

온 세상 솔솔

파란 소리 가득 울려 퍼졌네

순종하는 여인이여

모두의 어머니

당신은 가슴 죄다 풀어헤치고

그네가 흘리신 눈물 받아

새아기 젖을 먹이시네

꼬마야

꼬마야, 나는 네가 좋다
초롱초롱 빛나는 두 눈망울이
곱게 다문 입술이
자그마한 몸짓이
온몸에 스며드는 듯한 외로운 모습이

언제나 생각을 많이 하렴
그 속에서 많은 사람들을 만나보고
네 자신과의 대화 속에서 진실을 찾아내어
깊은 심연 속에서 우러나오는 말들을 들어보렴

동화책은 보지 않고
신데렐라, 백설공주의 아름다운 꿈도 잊어가고 있겠지?

오오, 시를 많이 읽는 걸 보니
좋아하는 사람을 그리기도 하겠구나
그래, 그러면서 어른이 되는 게야
밖으로 나타나는 화려함에 물들지 말고
내면에 하나씩 쌓여가는 나이에 힘써보렴

꼬마야, 나는 네가 좋다
아직은 순수한 마음이
아직은 꿈꾸고 있음이
아직은 세상에 물들지 않음이
그리고 너무 어리지 않음이

언제까지나 자신의 얼굴을 잊어버리지 말렴
꼬마야

나들이

세상이 나를 불러주었으니
내 묶여있는 자유로
그 몫을 다아 하리라

죽을 때까지는 죽지 않으니
최선을 다해
살아 있음도 즐거워하리

어느 봄날에는 아기가 새로 태어나고

산으로 올라 아름다운 책을 읽으며

서둘러 나들이옷을 입을 터이니

지상에서의 추수가 끝이 나면은

탁배기 그득 받아놓고

걱정 없는 시름에 잠겨보리라

낙관 落款

참된 웃음으로 살려하니
절로 행복하여지는구려

하루하루들을 모아
내일을 그려 보면서

하늘 따라 웃는 지금도
몹시 행복하구려

마지막 낙관 찍는 그날은

그대를 뵐까 했나니

가벼운 이야기 나누며

서로 껄껄껄 웃어봅시다

잣나무골 울타리

겹겹이 틀어 올린
오백 년 묵은 느티나무가
하늘빛을 받으옵고
언제나 변함없이 푸른
잣나무 숲들을 바로 보며
나무로 태어나
나무와 같이 살아볼까나

그러면
누런 떡잎 떨어질 때
잎도 무성해지고
가지마다 아름다운 눈을 떠
푸른 아침을 맞이하는
잣나무골 울타리 안에서
싱싱하여지는 내 몸과 마음도
그와 같지 않겠나

大地해(농부)

논밭 위에는 빨간 선인장
밟는 흙 그림자 또한 고단하다

추수가 끝이 나니
꽃은 시들어도 부끄럽지 않고

다시 그늘질 리 없는 봄
늘 허름한 지상을 생각했다

목동

온종일 놀았네

젖소하고 놀았고

돼지하고 놀았고

병아리하고 놀았고

풀을 베면서도 놀았고

두엄을 내면서도 놀았네

가끔씩은

졸기도 하면서

놀자놀자 놀다가

밤이 오면

하늘이 땅으로 내려와

별을 밟고서도 놀았네

너무 놀아서

주인이

"옛끼놈!"하여도

넉넉하였네

여우비

깔깔깔 웃음소리
까만 하늘 하늘하늘

흰 구름 날아올라
반짝반짝 해 얼굴

꽃잎마다 빗물방울
은초롱 초롱초롱

떨어진 무지개
세발자전거 타고 간다

땅따먹기

아주 넓은 운동장에
조그마한 동그라미 하나 그려놓고
몇몇 어린 녀석들이

내 것이다 네 것이야
땅따먹기 하고 있구나

양보하마

나이에 어울리는 꿈들을
하나하나
금실로 짜고

함께 놀자
널
부르면

오너라

행복한 저녁 1

님 그리는 맘이야
갈피갈피 가슴속에
꼬깃꼬깃 접어두었다가

님 만나는 날에야
갈피갈피 가슴 열고
하나하나 풀어놓지요

눈 감으면 밤일까아
눈 뜨면 아침일까

꿈도,
색깔을 넣어 꾸었죠
무지개 같은 사랑은

행복한 저녁 2

해질녘
석양夕陽이라는 놈이

능선 아래
비단 구릉丘陵을 밟고

그림자 드리는
구름 잔등이에

넋을 부르는
고귀한 몸뚱이와

혀를 깨무는
빠알간 입맞춤!

그리워 그리워
서성거리네

비탈길

비탈길 비탈길
홀로 걷다 둘이 넘는 비탈길

깨어있는 새벽 장닭이
암탉의 알 짓는 소리를 듣는 것처럼

우리가 내린 뿌리 위에
우리가 엮은 가지 위에

나는 열정으로 꽃을 피우고
그대는 영원으로 열매를 맺으니

작년에 피었던 꽃들이
다시 피어나는 저 사과나무처럼

우리의 사랑이 기둥이 되어
결코 빈손으로는 가지 않는 길

비탈길 비탈길
홀로 걷다 둘이 넘는 비탈길

神이 우리를 질투한다 할지라도

사람이 사는 세상에 태어났어도
사람이 너무 없어서
나는 나와 결혼하였노라
내가 그대를 만나기 전까지는
브람스 베토벤이 살았던 시절에
이미 살다가 죽었거나
아직은 태어나지도 않은 줄 알았는데
말이 고파서 만났던 그대여
"사람은 사람으로서 무엇이 되기 이전에
먼저 인간이 되어야 한다"라고 말씀하신 그대여
내가 그대에게 할 수 있는 단 한마디의 말은, 오직
"나는 당신을 사랑합니다"였었지

60억 인구 중에 내가 찾은 유일한 그대여

내가 그대를 사랑한 연유緣由로
내일 지옥 불에 떨어질지라도
나 오늘 그대와 사랑하리라!

신이 우리를 질투한다 할지라도
만남 하나로
우리가 이룰 것은 다 이루겠나니
사람이 산다는 것이
아무리 자기의 명命만큼 산다고 하지만
죽음조차도 우리를 갈라놓을 수는 없으리라.
그대여!

종족 種族

누군가 나를 부르니
나는 달려간다

들리는 소리의 울림으로
전율을 만끽하며 떨고 있는 피부!

먼 길을 여행하던 이가
나를 부르고 있었구나

한눈에 알아보겠다

거울을 보고 있는 듯
거울을 보고 있는 듯

일란성 쌍둥이일까?
전생엔 한 몸뚱이였지

단 물

영혼이 넓은 가슴에 포옥 감싸 안긴 저 여인을
내가 무슨 수로 사랑하지 않을 수 있겠어요

선택할 수도 선택 아니 할 수도 없는 당신이지만
당신도 나를 사랑합니까?
나는 스스로 원하여서 사랑합니다

처음 타오르기 시작한 순간부터
영원의 그날까지
무덤 저 너머까지도 함께 가는 사랑이기에
우리들의 정신을 담은 육신도 하나인가요?

나는 세상에 씨를 뿌리는 농부!
당신은 그 씨앗에 물을 주는 연인이라오

이제 우리에게 남아있는 것은
그대와 나, 하나! 뿐이다

그대라고 부를 수 있는
오직, 나의 사람아-

내가 그대와 진정으로 만났을 때
우리는,
우리로 존재하였어라

우리는,
또 하나의 폭넓어지는 서로를 완성시키고
자랑스러웠나니

그대라고 부를 수 있는
오직, 나의 사람아-

그대의 사랑하는 마음도

진정, 사랑이게 하여라

우리는,

서로가 갖고 있는 절대 믿음이 있어

장미의 꽃처럼 피워 내리라

사람의 향기

깨달음은 언제나
과정을 겪고 행동으로 말을 한다

무엇에건 묵묵히
최선을 다하라고 한다

그렇게 살아가는 사람은
스스로에게 자유로울 수 있었지

자유로울 때
우리 서로 사랑을 하자

그런 사람 사랑은

너무 아름답고 아름다워

몸으로 전해지는 향기가

지금 내 눈앞에 아른거린다

님의 모습

따듯한 손과 볼

물결치는 부드러운 머리칼

영혼까지 꿰뚫어보는

까만 눈

창백하도록 하얀 피부

조용한 미소

거침없이 종달새처럼 노래 부르는

시의 언어

세기와 연륜을 뛰어넘는

사상성

초인적인 인내와 포용성

깊은 산의 심오한 사랑

내 사랑

님의 모습. 그

나를 다시 살게 하는 사람

밤이고 낮이고 늘 함께 있는 사람

고맙고 소중하고

이 세상

무엇 하고도 바꿀 수 없는 사람

죽음 앞에서도 나를 더 생각하며

기도하는

인간으로서는 '최고선'의 경지에 오른 사람

자잘한 일에 내 마음 상할까 봐

늘 혼자 많은 십자가를 지려는 사람

아름답고 좋은 것만을

내게 주고 싶어 하는 사람

신이 내게 준 최고의 선물. 사람!

나는 그대에게 모두 속하여
아무것도 남길 것이 없어라

생명이 있는 꽃처럼

꽉 찬 사랑으로 다시 부르는 노래여

나는 그대에게 모두 속하여

아무것도 남길 것이 없어라

산다면 사는 대로 족하고

있다면 있는 대로 할 일은 많아도

나는 그대에게 모두 속하여

아무것도 남길 것이 없어라

태양이 다시 덮는 지구와
드넓은 하늘 하나도 부럽지 않아
인제야 생기 돋는 몸과 마음을
천신도 알고 계실까?

아름다운 약속
향기로운 몸짓으로

나는 그대에게 모두 속하여
아무것도 남길 것이 없어라

애기바다의 노래

요즘은, 꽃잎의 이슬처럼 살아갑니다
죽음처럼 깊고 피처럼 진한 사랑을 꿈꾸며
하루에도 수없이 그대 곁으로 날아갑니다

그대는 바다가 잠자는 언덕
유년시절의 고향과 같은 산기슭

그 산은,
연인이고 아버지이고 온 우주인 것처럼
아우성치는 내 고뇌를 잠들게 하는
요람처럼

그대만이 유일한 현실입니다

이슬을 머금은 장미의 인생을 꿈꾸게 하는

사랑의 신처럼

산을 닮은 나의 님

그대만이 유일한 사랑입니다

사춘기 思春期

여름은

봄이 앓는

사춘기

걱정 없다!

겨울은

가을이 빚어낸

맑은 이성

그리고 곧, 결혼!

결혼 행진곡

웅애-
웅애-

앙-
앙-

오밀조밀
올망졸망

끼리끼리
오순도순

방긋방긋
예쁜 아기

웅애-
웅애-

앙-
앙-

하늘나무 天才

천재는 엄마의 뱃속에서
세상의 느낌을
엄마의 눈으로 보았다

천재는 엄마의 뱃속에서
세상의 느낌을
엄마의 귀로써도 들었다

천재는 엄마의 뱃속에서
눈으로 보고 귀로 들은 세상 이야기들을
해맑은 영혼으로 이해하였다

이로써
천재의 몸 안에는 우주가 생성되고
저희들끼리 말을 하며
규칙적인 행군이 시작되었다

그러자
하늘의 말씀이
이제는 나아 가거라
밖으로 나가 스스로 크는 나무가 되거라 하셨지

태어나고 죽는 건 하늘의 선택
살아가면서 세상에 쓰임이 많은 재목으로 성장하는 것이
천재의 의지요, 천재들이 살아가는 분명한 이유일지니

엄마의 뱃속에서
태어난 모든 생명들이여
그대들의 선택은 과연 무엇인가?

산다는 거 두렵지 않아요

운명을 믿는다 했죠
운명은 가만히 있다고 누가 가져다주는 게 아니라
운명을 만들려 노력하는 거죠

전 노력 대가를 바라진 않지만
한만큼 온다는 건 알아요
안온다면 그건 그만큼만 가져도 된다는 거죠

전 거역을 안 하고 살지만
순탄한 삶보다는 좀 더 노력으로 다가가는
그러면서 절망도 알아야 된다고 생각해요

도전하고 가는 길은 남들이 안 갔던 길이기에
절망도 좌절도 실수도 실패도 다 겪으며
남들이 안 하는 고생도 하게 될 거예요

그러나 모든 것은 그 과정 중에 하나일 뿐

저는 항상 그 과정 중에 있고

깨달음은 언제나 그 과정을 겪고 행동으로 말하는 거죠

단지 제가 그것을 어떻게 보고 받아들이느냐의 차이일 뿐

눈에 보이는 것은 모두 진실이고

눈에 보이는 것은 모두 거짓이기도 할 거에요

그걸 구별하는 자만이 살아간다는 것을 아는 거겠죠

그걸 아니까 저는 두렵지 않아요

그걸 알고 행동하니까 저는 행복한 사람이 틀림없죠

당연한 청년

감사합니다

당연한 청년입니다

당연한 청년이

우물가에서 잘 쉬었다가 갑니다

갈 때까지 가면은

저도 우물을 하나 파놓겠습니다

편함을 알아

결코 쉬운 길로만 가려 하는 것이 아니므로

당연한 청년은

가끔씩 쉬었다 가야 했지만

떠날 때는 확실히 알고 갑니다

진정 머물러야 할 때

진정 받았던 것을 드리기 위해

드릴 것은 드리고

이 세상 지나 꿈의 세계로

부끄럼 없이 계속 가기 위해

당연한 청년이

당당히 걸어갑니다

오늘도

내일도

아들을 보며 아비가 웃는다

아들아, 너도 알고 있느냐?
아비가 지금 웃고 있는 까닭을

아비가 지금 웃고 있는 까닭은
마음이 다부지지 못한 때문이란다
마음이 다부지지 못함은
세상에 물들어 삶이 무서워
자꾸 쪼그라들었기 때문이란다

정도를 걸어야 한다지만
소외되어 흐름 속으로 사그라짐 보다
무리 속에 아등바등 끼워 맞추며
살아남아야 했었지

어? 저것?

안돼요. 안돼!

입 안 가득 터져 나오려는 말들을

이래도 "허허"

저래도 "허허"

웃음으로 받아 넘기며

웃어야지. 웃어야지.

속이 썩어 문드러지더라도……

아들아, 너도 알고 있느냐?

아비가 속이 썩어 문드러지더라도

너를 보면 또 웃는 까닭을

난지도 애호박꽃

눈을 뜨자
당신은 이미 부끄러운 꽃으로 피어나고 있습니다

세상을 잉태하기 전에도 또 그러하였듯
당신은 평생 부끄러운 꽃으로 살아 왔습니다

그러나 당신은 알고 있습니다
한번 준 부끄러움은
더 이상 부끄러움이 아니라는 걸
알고 있었습니다

이제 당신이 늙고 시들어가면서
아무런 말도 없이 사라진다 하더라도
넝쿨손 뻗어 감싸 안았던
워낙 더럽고 살기 힘든 이 땅에 남아
또다시 부끄러울 많은 자식들은
당신처럼 꼭 눈 뜨고 본다 할지니

구도자와 같은 꽃!
나의 꽃이여

당신은 세상에 있는 것만으로도
언제나 희망의 불꽃이었습니다

참나무 가랑잎

나 한평생
참나무 가지 위에서
온갖 험한 비바람 다 맞으며
느을 푸른 젊음으로
당당하게 견디었으리

나 한평생
참나무 가지 위에서
열매가 결실을 맺는 가을날
가랑잎 되어
땅으로 떨어져 내리니

마지막으로
흙으로 돌아가

나 한평생

살아 온

참나무를 위해

내 한 몸 썩히고 썩혀

뿌리 뿌리들을 탄탄하게 북돋아서

내일을

지금 남아 있는 것들과

새로 태어나는 너희들에게

남겨 줌이네

가랑잎 가랑잎

참나무 가지 위에서 한평생 늙은 가랑잎

겨울나무

이제는 알겠네
나무가 옷 벗는 까닭을

갖고 싶은 소중함과의 이별은
아무 미련 없이
천국 열매를 얻기 위함이었네

광주리에 따서 담아 놓으면
집는 손마다 입안에 단 즙이 괴어

주는 만큼 풍성한 기쁨으로

또 옷을 벗는 나무는

세월을 침묵하며 제 할 일을 다하려 함이네

하늘을 머리에 이고

바람과 속삭이면서

저 산과 바다와 그 하늘 아래에서는

꽃이 피고 지고
잎이 나고 지고
열매를 맺는 나무는
모두가 만족하였는데

열매가
그래. 어린 열매가
시다 떫다 달다 말 듣고는
그리도 슬퍼하였는가

저 산과 바다와 그 하늘 아래에서는

있음으로

모두 덜하게 만나

모두 족한 나무가 되는 지라

자랑스러운 목소리로

말하라!

우리는

지상과 천국에 초대받은 열매들이다, 라고

내 나이 스무 살

십 년을 뚝 떼어다가
자리방석하고 앉아
열아홉에 다시 시작하는
내 나이 스무 살

아이의 눈은
배움과 창조의 눈이고
어른의 눈은
지금과 망각뿐이니

어른 아이 동시에
자리방석하고 앉아
열아홉에 다시 시작하는
내 나이 스무 살

평
생
나이만 먹은 어린애 소리
듣지 않겠네

반쪽

태양이 보석 가득한 것은
내가 어둠이기 때문이다

어쩌다 떨어지는 보석들을
받아 치장하고
밝음이 되어서도
감당 못 할 유혹과 욕구로

동경이 희망으로
믿음이 신으로

더 밝은 태양의
보석을 얻기 위해
희망찬 미래를 꿈꾸며 사는 나
나는 눈뜬장님

이분법

적과 싸워

동시에

내부의 적과 싸워

동시에

적은 어디에 있지?

동시에

선과 악은

동시에

새끼줄처럼 꼬여

동시에

우리와 함께 살지

동시에

야누스의 얼굴

아이들은 아이들의 눈이 따로 있어
블랙홀처럼 빨아들이는 힘이 무서운 눈이야요

나의 눈은 악마와 같은 하이드처럼
지킬박사가 그 본향本鄉였는지라

아이의 얼굴을 바로 보자 회귀본능回歸本能 두려워라

고개 돌린 내 얼굴이 그제서야 흉칙하요!

우리가 만든 것들

우리는 꼭 무엇이 되어야만 하나?

관계와 관계

묶여버린 인생

더 날지 못하는 자유

꿈은 현실로

욕구는 욕심으로

주체는 물질

죽음을 두려워하는 것
그보다 더 무서운
산다는 것!

모두 우리가 만든 것들!

제대로 보고 제대로 알고 제대로 깨닫지 아니하는 한
우리들에겐 더 이상의 행복은 남아있지 않다

누구를

누구를 알고

누구를 보고

누구를 생각하고

누구를 사랑하고

누구를 미워하고

누구를 멀리하리

아

아

사람살이야-

커 가는 사람

나는

동물이다

나아가

길들여진 짐승이다

나아가

사람이다

나아가

갖가지 얼굴을 하고서 살고 있다

평면거울

나를 가둔
평면거울

내가 던져
깨진 거울

다시 붙여
만든 거울

조각 조각
빛난 얼굴

눈을 뜨고
바로 보니

나의 희망
나의 꿈은

별빛 가득
평면거울

새장과 화분

새가,

새장 속에서도 새가

꽃이,

화분 속에서도 꽃이

한계와 고통이 분명한

울타리 속의 서로를 마주 보며

즐겁고 향기롭게

노래 불렀지

오오, 사람아 사람아

아름다운 사람아……!

라고

열끼꽃

누군가 이 꽃에 물을 주려 않는다면 곧 시들어버릴
열끼꽃 씨앗을 심으며
매일 정돈된 태양 아래 꽃이 야위어 가는 건
나의 비非웃음이다

아리따운 여인네의 몸매가 추녀의 해골과 비교될 리
없건만
창조하는 지식은
칠순을 넘어서지 아니할씨

아침 해와 석양을 번갈아 보면서도

볼 수 없던

한낮의 햇볕 아래 싹이 타들어 가도

더 이상 소나기는 기다리지 않으며

어떻게 땅에 의지하고 나왔는데

하늘까지 바랄쏜가

스스로 피어날 수 없다면 피지 않아도 좋은 꽃!

나는

열끼꽃 씨앗을 심기만 한다

*열끼: 눈동자에 비추인 정신의 담찬 기운

오늘

먹구름
순간 무겁던 짐 벗어 던지고
새털구름 훨훨 자유로운 자리
거기엔 언제나 파란 미소가

오늘은
찡그린 얼굴보다 맑은
싱그런 얼굴들을 모아
숨차게 달려온
오늘은

슬픔을 가려내고

괴롬을 덜어내고

참된 웃음으로 절로 스며드는 행복을

화폭에 채색하는

짧기만 한 하루였지만

세월이

낙관을 찍는다

오늘!

꿈꾸는 겨울

동그란 달빛이
온 누리에로 뿌려진
백설에 묻혀
산골짝 마을 잠이 들었네

동장군의 칼날이
살갗을 에이어도
꿈결처럼 맑은 하늘엔
몇 개의 별만이 남아

바위와 나무와
산과 들에는
떨어진 별무리
눈 위에 반짝거리고

어린 천사들의 미소 짓는

시냇물들 졸졸거림이

고이지 않는 꿈을

이야기하고 있어라

아아, 기다림으로 생명 하는 봄의 전사들이여

봄비

비가 내리면
비를 맞을지어다

한 꺼풀 한 꺼풀
오직 알몸으로 맞을지니

흘러넘치는
생명수 한 사발

한번이라도 한번이라도
마셔보기를

마음자리

정원을 손질하며
다듬는 마음자리

살면서 조금씩 가까워지는
사람, 사람들 속에

사랑으로 영글어가는
순수한 영혼의 꿈들

나무를 심듯이
나를 심는다

녹차

나는 물입니다

주전자에 담아

난로에 불

지펴주시면

나는 뜨거운 물입니다

찻잔에 담아

두서너 개의 푸른 잎

띄워주시면

나는 색깔 내는 물입니다

그러나 맛이 밸 동안은
나의 향기를
먼저 드리렵니다

나는 주인님의 물이 되고 있기 때문입니다

나날이 목동

새벽 잠
푸른 잠
눈 뜨고 깨어보니

아이야아
아까워라
꿈이 깨졌다

고된 일
오늘 일
다 하고 잠에 드니

아이야아
새로워라
꿈이 푸르다

늘 푸른 산

산을 올라가려고만 하기보다는
차라리 나는 산이 되련다

투철하게 완성되는 나의 철학을 가지고
봉우리 봉우리 골짜기를 만들어

머얼리 보이는 애기바다와 함께
하늘과 머리를 맞대고 웃어보련다

먼 훗날, 산을 한 눈에 바라보면서
끝까지 오르는 이와 만나면, 나는

"당신도, 산을 올라가려고만 하지 말고
스스로 산이 되시오!"말해주련다

함박눈

아아, 하늘이 탄다
하얗게 함박눈이 내린다

두런두런 이야기하면서
함박함박 웃음꽃 피워내고

충직한 성직자처럼
충만한 구도자처럼

고고한 사랑으로 들려오는
아아, 천상의 노래여

하얗게 하얗게 하얗게

비웃음!

끌 끌

눈먼 주인

멍 멍!

(배고프다……)

개소리!

높다란 시인

할아버지

　　　젊은

　　　　　아가야-